# Los diez puntos negros
## Donald Crews

Greenwillow Books, *Una rama de* HarperCollins*Publishers*

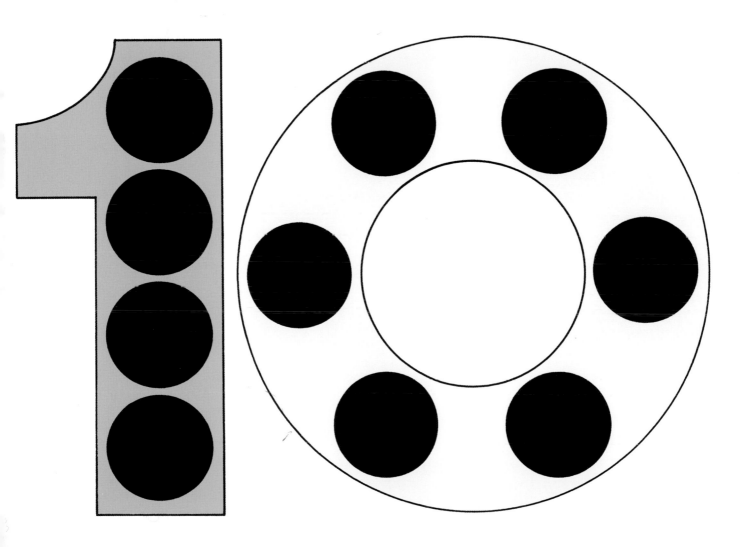

*Para Louis*
*quien acabo*
*de conocer y*
*para Nina y Amy*
*quien conozco*
*hace mucho tiempo*

Los diez puntos negros
Copyright © 1968, 1986
por Donald Crews
Traducciòn © 2009
por Liliana Valenzuela

The four-color preseparated
art was printed in red, yellow,
blue, and black.
El tipo de imprenta del texto
es Helvetica Bold.
Impreso en China. Todos los
derechos reservados.
Para recibir información, diríjase
a: HarperCollins Children's Books,
a division of HarperCollins
Publishers, 10 East 53rd Street,
New York, NY 10022.
www.harpercollinschildrens.com

Library of Congress ha
catalogado la edición en inglés.
Crews, Donald.
[Ten black dots. Spanish]
Los diez puntos negros.
Summary: A counting book
which shows what can be
done with ten black dots—one
can make a sun, two a fox's eyes,
or eight the wheels of a train.
ISBN 978-0-06-177138-5 (trade bdg.)
[1. Counting. 2. Stories in rhyme.]
I. Title. II. Title: 10 black dots
PZ8.3.C867Te 1986
[E]   85-14871

13 SCP 10 9 8 7 6 5 4 3
Primera edición

La edición original en inglés
de este libro fue publicada
por Scribner en 1968 y
por Greenwillow Books en 1986.

# ¿Qué puedes hacer con diez puntos negros?

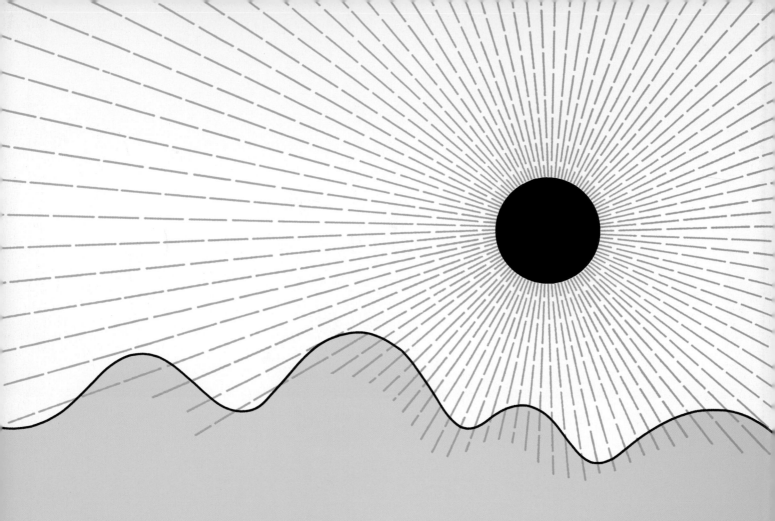

**1**Un punto
el sol
puede ser

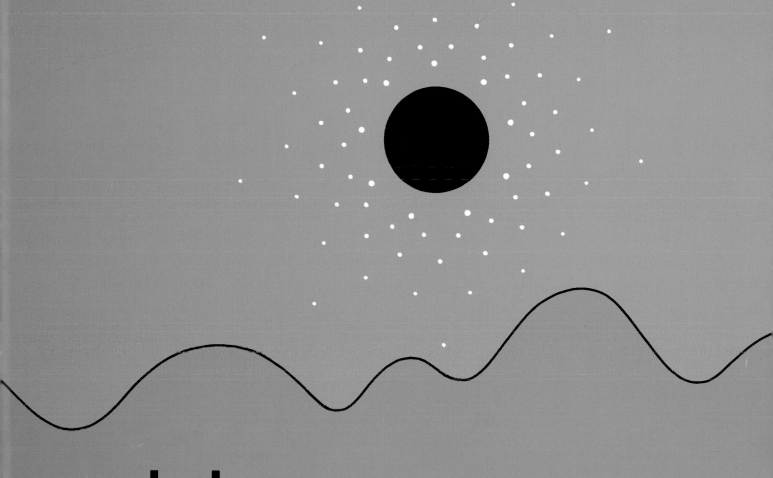

**o la luna
despúes
del atardecer.**

**2 Dos puntos pueden ser los ojos de una zorra**

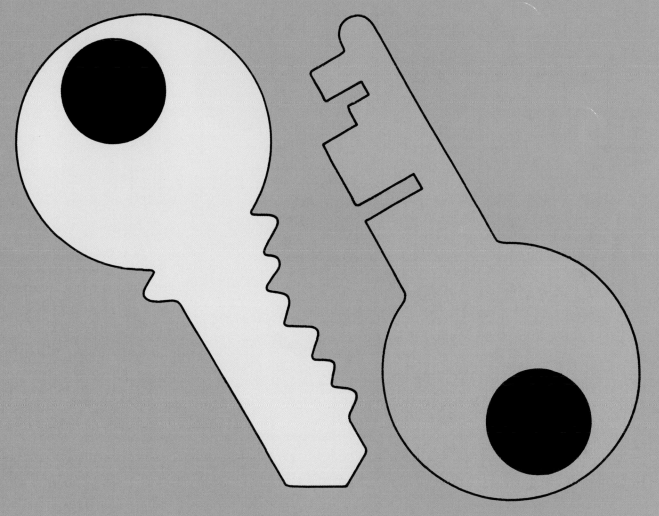

**o el hoyo de las llaves
que abren
la mazmorra.**

**3** **Tres puntos pueden ser la cara de un muñeco de nieve**

**o las cuentas
que ensartas
en un cordón breve.**

**4** **Cuatro puntos pueden
ser las semillas
de unas flores**

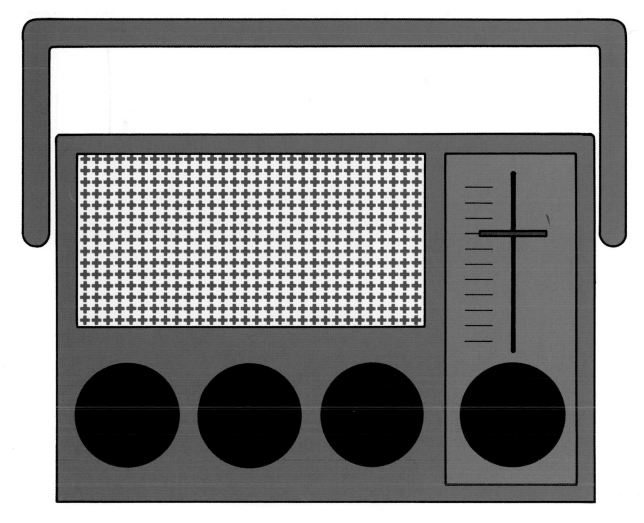

**o los botones
de un radio
de transistores.**

**5** Cinco puntos
pueden ser
los botones
de un saco
de franela

o las claraboyas
de un buque
de vela.

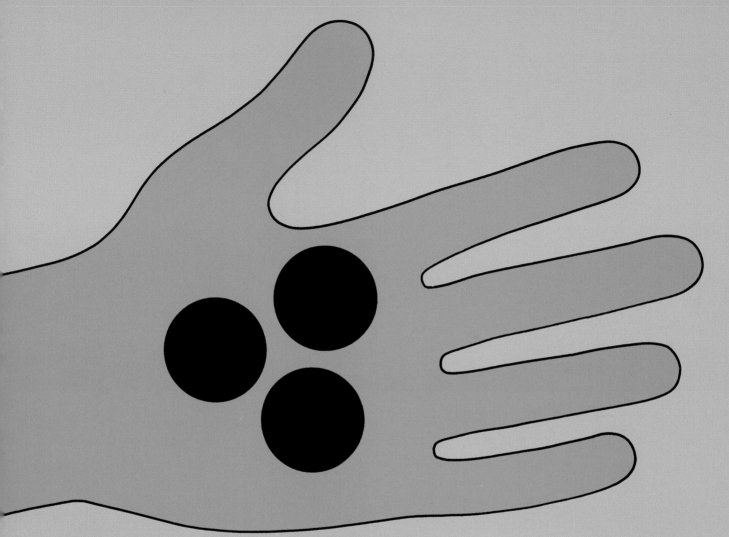

**6** Seis puntos
pueden ser
unas canicas

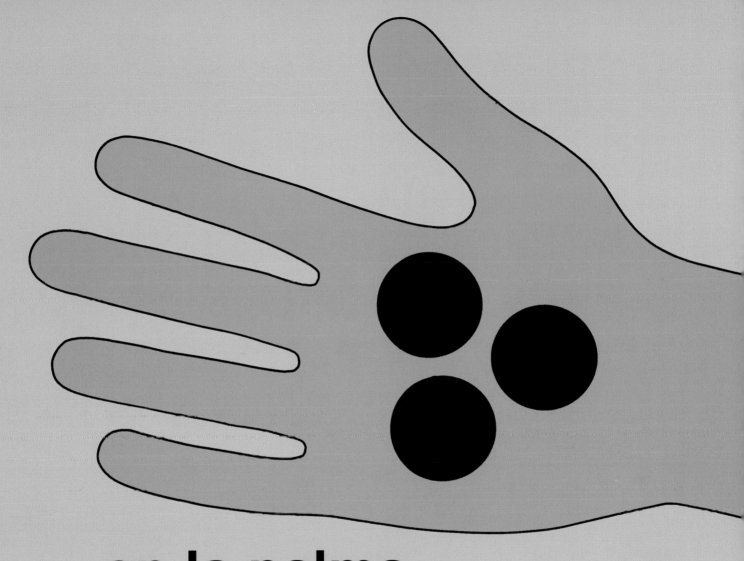

**en la palma,
cuéntalas
con calma.**

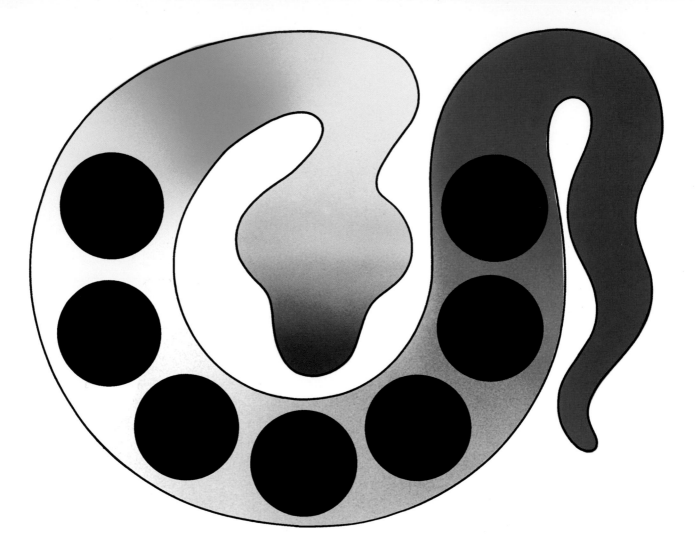

**7** **Siete puntos pueden ser las manchas de una serpiente**

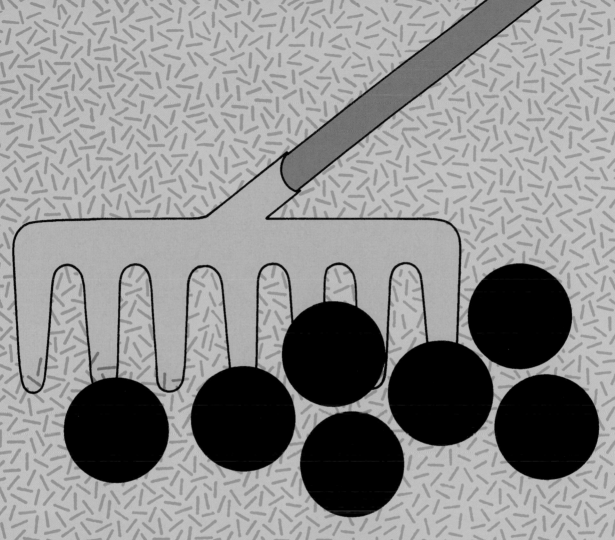

o las piedras
que encuentra
el rastrillo prudente.

**8** Ocho puntos pueden ser las ruedas del tren

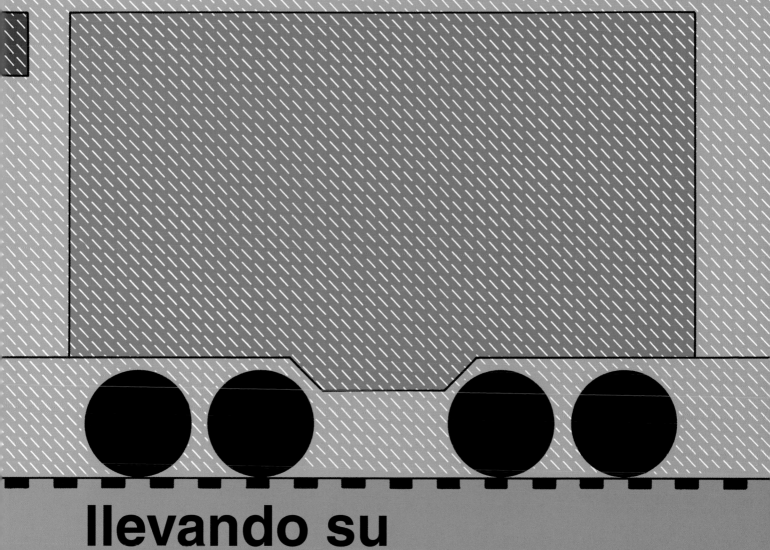

llevando su
carga hasta
el almacén.

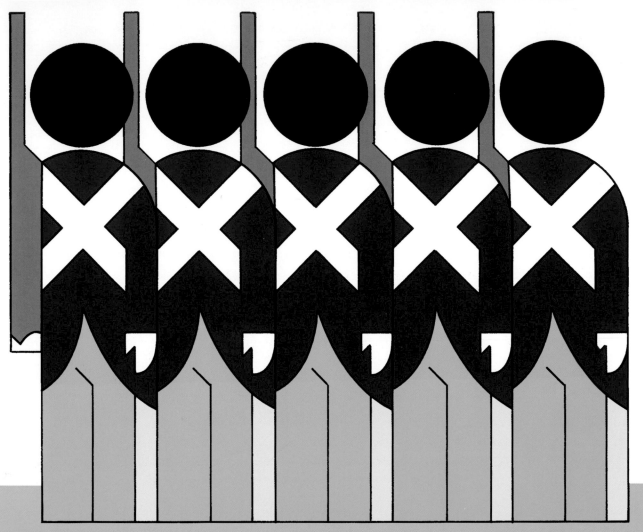

**9** **Nueve puntos pueden
ser los soldaditos
de la juguetería**

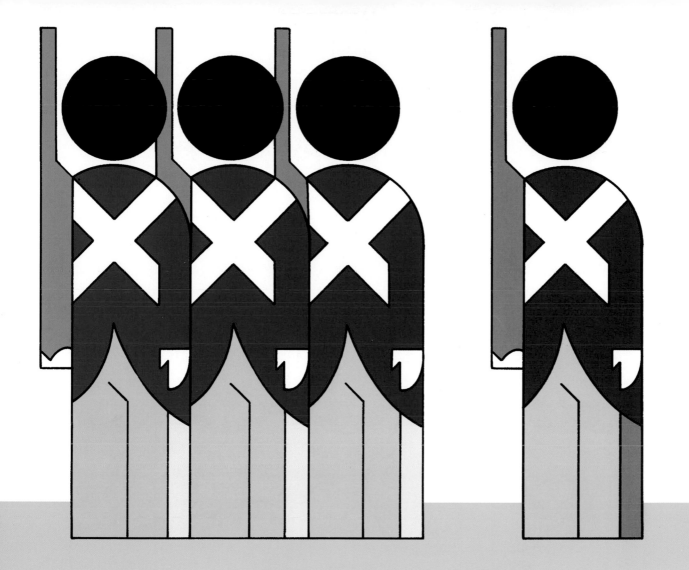

**o las monedas
que echas
en tu alcancía.**

**10** **Diez puntos pueden ser globos entre las ramas...**

**suéltalos
al sacudir**

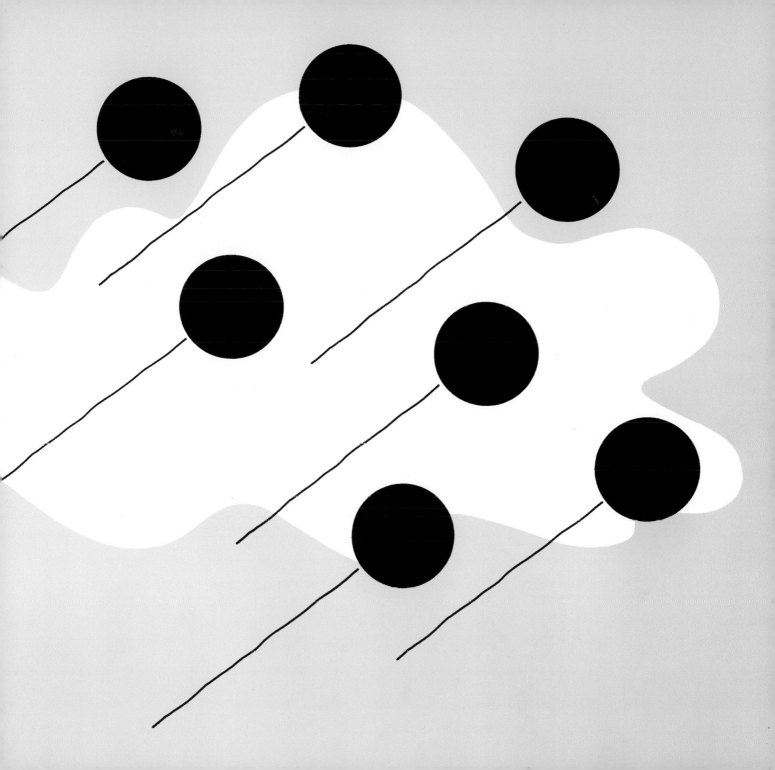

**Cuéntalos.
¿Son
realmente
diez?
Comencemos
otra vez,
contando
puntos
del uno
al diez.**

**1**

**2**

**3**

**4**

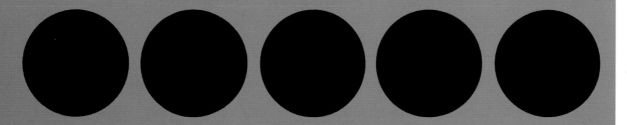

**5**

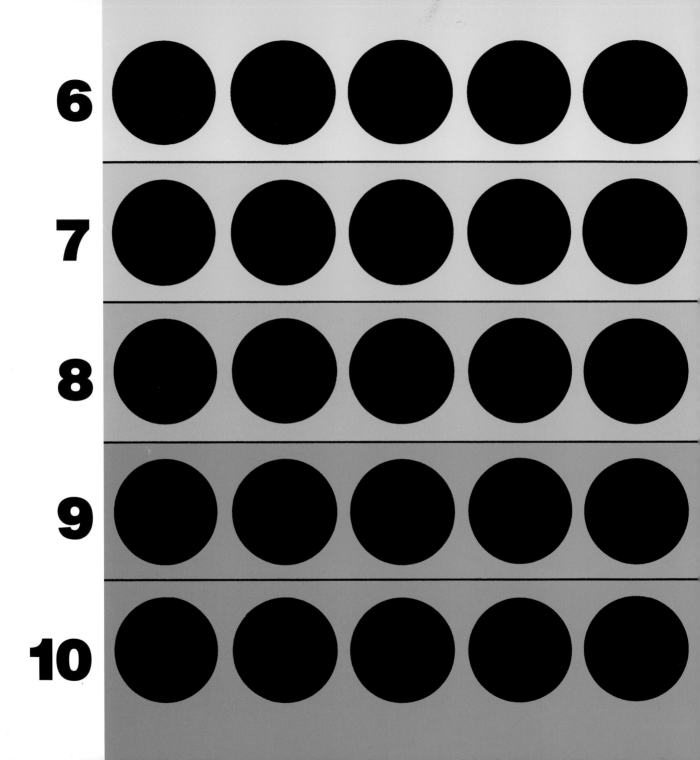

# What can you do with ten black dots?

**1** One dot can make a sun or a moon when day is done.

**2** Two dots can make the eyes of a fox or the eyes of keys that open locks.

**3** Three dots can make a snowman's face or beads for stringing on a lace.

**4** Four dots can make seeds from which flowers grow or the knobs on a radio.

**5** Five dots can make buttons on a coat or the portholes of a boat.

**6** Six dots can make marbles that you hold— half are new, the rest are old.

**7** Seven dots can make the spots on a snake or stones turned up by a garden rake.

**8** Eight dots can make the wheels of a train carrying freight through sun and rain.

**9** Nine dots can make toy soldiers standing in rank or the pennies in your piggy bank.

**10** Ten dots can make balloons stuck in a tree— shake the branch and set them free.

Count them. Are there really ten? Now we can begin again, counting dots from one to ten.